Волшебная лампа сапожника

Волшебная лампа сапожника

Автор *Туула Пере*
Художник *Грузия Стылоу*
Верстка *Питер Стоун*
Перевод на русский язык *Юлия Черникова*

ISBN 978-952-357-391-8 (Hardcover)
ISBN 978-952-357-392-5 (Softcover)
ISBN 978-952-357-393-2 (ePub)
Первое издание

Авторское право © 2018-2021 Виквик Лтд (Wickwick Ltd)

Издано в 2021 году издательством Виквик Лтд (Wickwick Ltd)
Хельсинки, Финляндия

The Shoemaker's Splendid Lamp, Russian Translation

Story by *Tuula Pere*
Illustrations by *Georgia Stylou*
Layout by *Peter Stone*
Russian translation by *Yulia Chernikova*

ISBN 978-952-357-391-8 (Hardcover)
ISBN 978-952-357-392-5 (Softcover)
ISBN 978-952-357-393-2 (ePub)
First edition

Copyright © 2018-2021 Wickwick Ltd

Published 2021 by Wickwick Ltd
Helsinki, Finland

Originally published in Finland by Wickwick Ltd in 2015
Finnish "Suutarin hieno lamppu", ISBN 978-952-325-177-9 (Hardcover), ISBN 978-952-325-677-4 (ePub)
English "The Shoemaker's Splendid Lamp", ISBN 978-952-325-184-7 (Hardcover), ISBN 978-952-325-684-2 (ePub)

Волшебная лампа сапожника

Туула Пере · Грузия Стылоу

WickWick
Children's Books from the Heart

Давным-давно, в незапамятные времена, в маленькой деревушке жил-был сапожник. Его дом стоял у озера – в самом красивом месте в округе.

Но у сапожника было много детей, а сам он был беден.

«По крайней мере, мы можем наслаждаться этим прекрасным пейзажем,» - вздыхал сапожник, выглядывая в окно, и возвращался к своей работе.

Его работа требовала внимательности и точность; каждый стежок его крошечной иглы должен был попадать в точно отмеченное на коже место.

«Мои сапоги должны быть идеальны,» – говаривал сапожник.

Жители деревни знали, как им повезло. Такого сапожника нужно еще поискать.

4

Как-то жена сапожника пошла к богатым соседям помочь хозяйке ткать ковры. Старшие дети были в школе. Дома в тускло освещенной мастерской остались только сапожник и малыш Арон.

Всю зиму Арон болел и сильно кашлял. Каждый раз когда с Ароном случался приступ кашля, сапожник поглаживал сына по сине. И каждый раз при этом сердце сапожника сжималось. Он знал, что сын очень слаб здоровьем.

«Папочка, я поправлюсь, вот увидишь!» - говорил Арон уверенно. – «К началу сенокоса мы снова сможем ходить рыбалку!»

Сапожник улыбался маленькому Арону, а сам тяжело вздыхал. С таким кашлем мальчик вряд ли переживает холодную зиму.

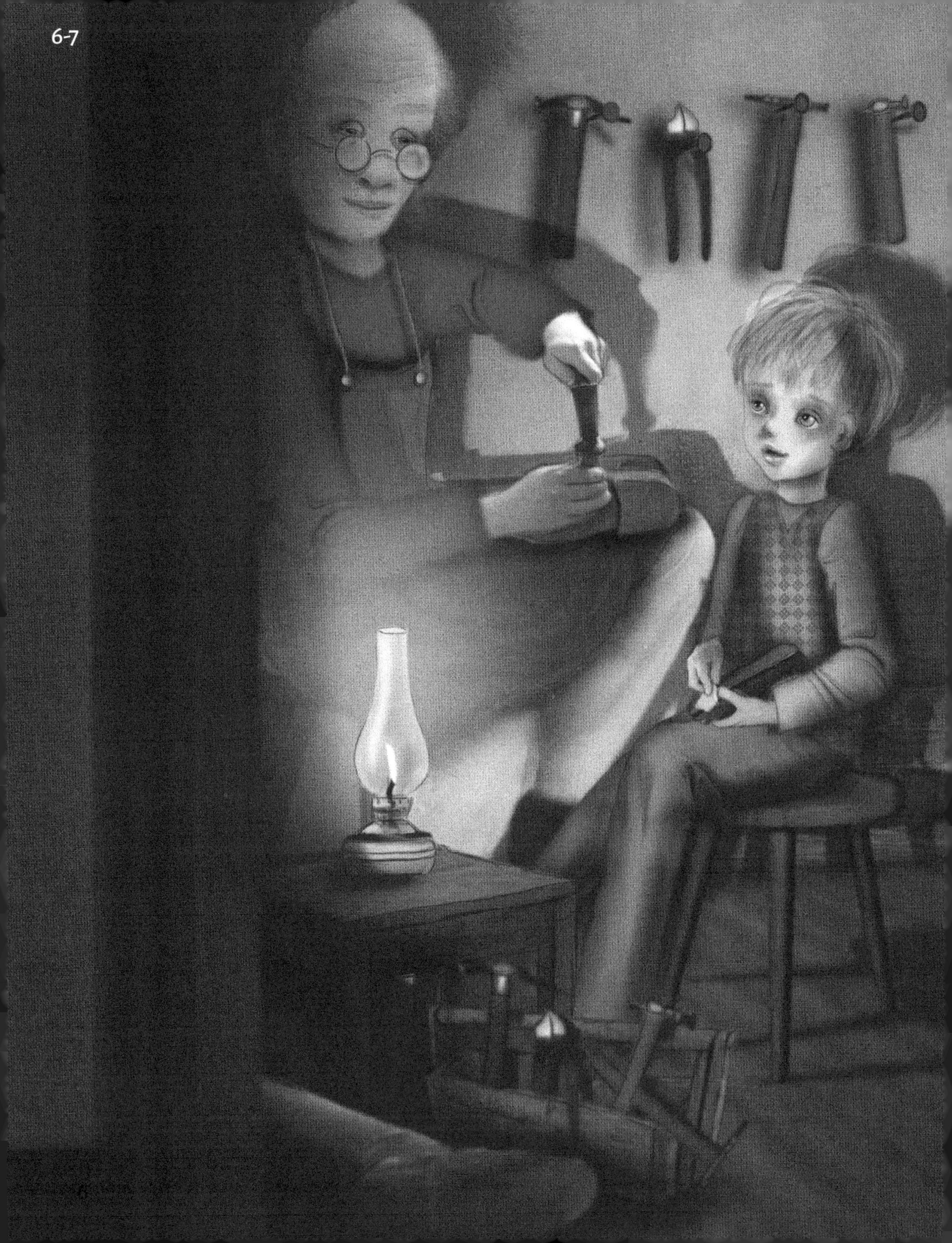

Целыми днями маленький Арон сидел рядом с отцом на скамейке. Он старался помогать, подавая отцу иглы, нити и гвозди.

И каждый день с приходом сумерек комнату наполняла темнота; Маленькая лампа не могла осветить комнату. Сапожник вздыхал и откладывал в сторону свою иглу и незаконченные сапоги.

«Нам нужна другая лампа,» – говорил Арон, – «Тебе нужен свет, чтобы ты мог работать. Да и мне тоже нужна лампа.»

«А для чего тебе лампа?» – заинтересованно спросил сапожник.

«Я слышал, что сказал доктор, когда приходил к нам» - ответил Арон, - «Он считает, что следующим летом меня здесь уже не будет. Но если у нас будет свет, я поправлюсь. И следующим летом, мы сможем пойти на рыбалку!»

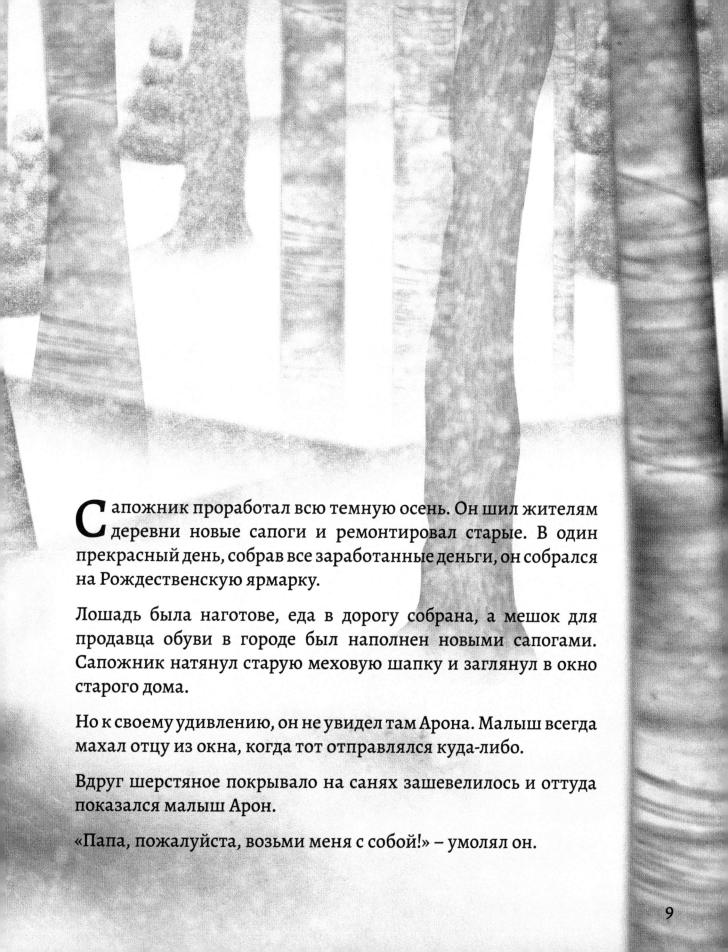

Сапожник проработал всю темную осень. Он шил жителям деревни новые сапоги и ремонтировал старые. В один прекрасный день, собрав все заработанные деньги, он собрался на Рождественскую ярмарку.

Лошадь была наготове, еда в дорогу собрана, а мешок для продавца обуви в городе был наполнен новыми сапогами. Сапожник натянул старую меховую шапку и заглянул в окно старого дома.

Но к своему удивлению, он не увидел там Арона. Малыш всегда махал отцу из окна, когда тот отправлялся куда-либо.

Вдруг шерстяное покрывало на санях зашевелилось и оттуда показался малыш Арон.

«Папа, пожалуйста, возьми меня с собой!» – умолял он.

Отцу с трудом удалось уговорить мать отпустить Арона с ним. Она вышла к саням, проводить их.

«Арон, только все время будь в тепле, не снимай с себя одеяла, в такой мороз твой кашель может ухудшиться,» – говорила она, хмурясь.

Сапожник и Арон снова заверили ее, что все будет в порядке и отправились в путь.

Отец и сын прекрасно проводили время. Они пели колядки, проезжая по лесу. Всякий раз, когда приступ кашля прерывал пение Арона, сапожник протягивал ему леденец и ласково гладил сына по щеке.

«Все будет хорошо, сынок,» – успокаивал он сына. – «Мы купим на рынке самую яркую лампу».

«Как хорошо, папа!» – обрадовался малыш, – «Теперь я увижу, как придет лето!»

На рынке было много людей. Сапожник с сыном отвезли сапоги в обувной магазин и принялись искать лампу. Арон следовал за отцом, восхищаясь лампами, висевшими над ними. Там были лампы всех форм, цветов и размеров.

Взгляд Арона остановился на лампе в центре палатки.

Лампа висела на крючке под потолком и ярко сверкая латунным покрытием. Остальные детали лампы были из фарфора, расписанного красивыми розами.

Арон указал на неё: «Смотри, папа! С такой лампой у нас дома всегда будет светло!»

Сапожник посмотрел на лампу и задумался. Он был разумным человеком. Хоть лампа и стояла немало, она ярко светила, и, наверное, была как раз тем, что им нужно.

«Чудесная лампа!» – сказал он сыну, – «Возьмем её.»

Возвратившись домой сапожник аккуратно распаковал лампу, подвесил к потолку и зажег её. К его радости золотые лучи осветили каждый уголок комнаты. Теперь дети смогут делать домашние задания и помогать по дому. И сам сапожник сможет работать до глубокой ночи.

Маленький Арон нежился в теплом свете лампы. Впервые за долгое время ему было тепло и не першило в горле. Теперь он поправится, – в этом он не сомневался.

Как-то к ним в гости пожаловал богатый сосед. Он подъехал к дома сапожника на своих прекрасных санях.

«Какая лампа у тебя, сапожник!» – сказал сосед. – «Но она не для твоего крохотного домика», – продолжал он. – «Продай ее мне. Тебе пригодятся деньги для семьи, а эта лампа прекрасно впишется в мою прихожую.»

Сапожник посмотрел на Арона и покачал головой. «Благодарю тебя, сосед, но нам очень нужна эта лампа, я не могу ее продать.»

Богатый изумился: «Это сейчас ты отказываешься от моего предложения, сапожник, но вот, что я тебе скажу: ты передумаешь. Ранней вечной, когда тебе нечем будет кормить семью, сам придешь ко мне за деньгами.»

Сказав это, сосед снова взобрался на сани.

Пришла весна, но на улице все еще было очень холодно, и Арон снова сильно заболел. Его мать и отец были вне себя от беспокойства. Они почти не было денег и заканчивалось масло для лампы.

Сосед снова приезжал к ним и спрашивал, не решился ли сапожник наконец-то продать ему прекрасную масляную лампу.

«Она нужна мне, папа,» – прошептал Арон. – «Без её света я не увижу лето.»

«Лампа не продается», – повторил сапожник соседу.

И снова сосед ушел ни с чем. Но в этот раз, покидая дом сапожника, он думал о другом: о нездоровом лице маленького Арона.

Однажды ночью, вскоре после визита соседа, у Арона поднялся жар. Его родители не ложились спать, они сидели у его постели. По очереди они прикладывали ко лбу Арона влажное полотенце, встревоженно наблюдая за тем, как их больной сын ворочается.

Сапожник посмотрел на жену, они услышали, как кто-то поднялся на крыльцо, струшивая снег с сапог.

«Это снова сосед, уверен,» – пробормотал сапожник. – «Арон очень болен, и он надеется, что теперь я уступлю и продам ему лампу».

«Не отдавай ему лампу,» – сказала жена сапожнику. – «Эта лампа – наша единственная надежда».

Сапожник грустно посмотрел на жену: «Какой смысл в красивой лампе, если нет масла, чтобы зажечь её?»

В дверь постучали, и сапожник пошел открывать. Это и вправду снова был богатый сосед.

До того, как сапожник успел что-либо сказать, сосед протянул ему что-то: «Это я принес для маленького Арона».

Сапожник удивленно заморгал: «Масло для лампы!» – воскликнул он. – «Спасибо!»

Сапожник с благодарностью взял масло, а Арон приоткрыл глаза.

«Спасибо,» – пробормотал мальчик. «Папа, теперь я поправлюсь. Обещаю.»

Малыш скоро снова уснул. Сапожник зажег лампу, которая залила ярким светом весь дом.

П еред Пасхой начал таять снег. Маленький Арон сидел на скамейке у окна и помогал сапожнику. Жара больше не было, и приступы кашля случались все реже.

Ночью дом освещал яркий свет лампы. А днем теперь комнату освещало яркое солнце. Сапожник довольно напевал. Он заканчивал одну пару сапог за другой.

Однажды сапожник сказал Арону: «А ну-ка подыми ногу, я сделаю замеры. Ну надо же!» – сказал отец, посмотрев на ногу Арона. «Как у тебя выросла нога!»

«Ты сделаешь сапоги для меня?» – удивился Арон. – «Мои собственные сапоги?» – до этого он всегда донашивал сапоги за своими братьями.

«Да, это будут твои собственные сапоги!» – сказал сапожник, улыбаясь.

К июню зима осталась только в воспоминаниях. Маленький Арон полностью выздоровел и теперь мог играть с братьями и сестрами на улице.

Но больше всего он любил рыбачить с отцом. Тихий и сосредоточенный, он сидел на носу лодки, не сводя глаз с лески.

Арон резко дергал удочку в самый нужный момент, как научил его отец. И еще один окунь взмывал в воздух.

«А ты прирожденный рыбак, сынок, не правда ли?» – хвалил отец сына.

«Да!» – счастливо отвечал Арон. – «А ты, отец, прирожденный сапожник.»